KB185707

찬비에 젖는 너의 어깨

被冷雨淋湿的你的肩膀

찬비에 젖는 너의 어깨

펴낸날 | 2024년 12월 1일 초판 1쇄

지은이 | 홍미옥
펴낸이 | 강현국
꾸민이 | 이용헌
펴낸곳 | 도서출판 시와반시

등록 | 2011년 10월 21일 등록(제25100-2011-000034호)
주소 | 대구광역시 수성구 지산로 14길 83, 101-2408
전화 | 053) 654-0027
전자우편 | khguk92@hanmail.net

ISBN 978-89-8345-162-0   03810

값 18,000원

* 저자의 허락 없이 이 책 내용의 무단사용을 금합니다.

찬비에 젖는 너의 어깨
被冷雨淋湿的你的肩膀

홍미옥 디카시집
洪美玉数码相机詩集

시와반시

비라는 말에는 우산이 있고
우산이라는 말에는
포근한 어깨가 있고
포근한 어깨라는 말에는
우리가 있지.

세상의 많은 어깨에
비록 찬비가 내린다 해도
우산을 들고 기다리는
우리가 있지.
사랑이 있지.

2024년 12월 홍미옥

雨这个词里有雨伞，
雨伞这句话里
有柔软的肩膀
柔软的肩膀这句话
有我们在。

在世界上许多肩膀上
纵然下着冷雨
撑着雨伞等待
有我们在。
有爱

2024年12月 洪美玉

차례

1부

─

가을 법어
秋季法語

이심전심
以心传心

색즉시공
공즉시색

이 뭣꼬?

色即是空
空即是色

这是什么?

가을 법어
秋季法語

세월의 법문은 울긋불긋

부처님 법문은 적적적적

동자스님 법문은 말뚱말뚱

岁月的法文五颜六色

佛祖法文寂寥

童子僧人的法门圆溜溜

15

간간이 푸른 잎
片片绿叶

가슴에 묻고 사는 자식 위한 기도일까?
두 손 모은 시간들이 메마른 가지처럼 애절하다
"걱정 마세요, 아프지 않고 잘 지낼게요"
하얀 언약 그 목소리 들었나보다 간간이 푸른 잎
돋는 것 보니

难道是为了埋在心底的子女而祈祷吗?
双手合十的时间如同枯枝般哀切
"不要担心我会好好生活的"
白色的约好像听到了那个声音偶尔看到绿叶长出来

나는 누구?

我是谁?

언니 나 좀 찾아줘

잠깐만 기다려 봐

나도 잘 안보이네

그림자 속에 숨어있지 않을까?

姐姐 帮我找找看

等一下

我也看不清

会不会躲在阴影里？

무심
无心

진흙으로 곱게 빚어 잿불에 구우면
가슴 속 응어리 연기처럼 사라지네

근심 걱정 우려내는 투박한 차주전자
단돈 5위안 내 인생 향기롭네

用泥土揉成美兩后在煙火上烤的活
心中就会像烟霧一样消失

苦惱煩憫粗糙茶壺
只需5元我的人生如此芬芬

묵묵한 봄날처럼
如同默默无闻的春天一般

만남이 없으니 이별이 없고
가는 것이 없으니 오는 것도 없는
허공의 무심함

没有相遇 没有离别
没有离开的也没有来的
虚空的无心

묻어둔 꿈
埋藏的梦

겨울잠은 길고 봄꿈은 짧다
짧은 꿈이 긴 잠을 자고나면 겨울 가고 봄 오듯이
바위틈에 꽃 피는 새벽이 올까?

冬眠长春梦短
就像短暂的梦在长眠后冬去春来一样
岩石间会迎来花朵绽放的清晨吗?

법비
法雨

중생의 욕심 한마당 빼곡해서
극락의 사다리는 높기만하다
자등명 법등명 모지사바하

满满都是衆生的欲望
极乐的梯子够高的
自灯明法灯明菩提萨巴哈

본래
本來

손도 발도 둘이 아니야
너도 나도 둘이 아니야
둘이 아니어서 세상은 둥글고
둘이 아니어서 새싹이 돋는 거야

手脚都不是两个人
你我都不是两个人
不是两个人 世界是圆的
因为不是两个人 所以才会萌芽

빈 배
空载的渡船

산이 가로막고 구름이 발을 묶어

너에게로 가는 길은 갈 수 없는 길이어서

그리움 묶어두고 먼 하늘만 쳐다보는 배고픈 내 마음

山挡住 云系住脚

因为走向你的路是走不到的路

绑住思念 望着远方的天空我饥饿的心

사성암 기도처

四聖庵祈祷処

속세의 번뇌는 험하고 가팔라서
바위벽에 몸 기댄 아난다 새벽 독경

유리광전 산새도 해탈을 노래하네

尘世烦恼, 险峻陡峭,
依偎在岩石壁上地阿南达凌晨念经

玻璃光展山鸟歌唱解脱

슈퍼문
超级月亮

내 마음 손 끝이 하늘까지 닿는 것은
이리 오렴, 내게 오렴!
나 부르는 네 목소리 애절하기 때문이다

我的心指尖能触及天空,
过来, 到我这里来!
因为你呼唤我的声音哀切

어제와 오늘
昨天和今天

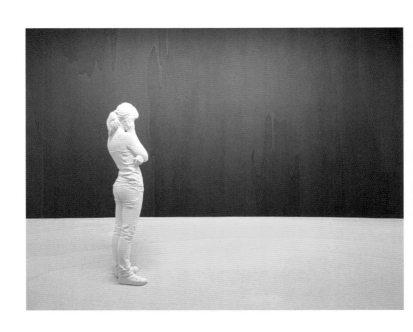

검은 어제와 노란 오늘 사이

오지 않는 어제와 가지 않는 오늘 사이

후회와 미련 사이 우두커니 서 있는

하염없는 내 생각은 무슨 색일까

黑色地昨天和黄色地今天之间

不来的昨天和不去的今天之间

在后悔和迷恋之间呆呆地站着

空虚地我的想法是什么颜色呢

오래된 약속

许久的约定

외로운 허공, 기약없는 기다림
그대 떠난 그 자리, 갈 봄 여름 없이
푸른 파도처럼 출렁이는 내 마음

孤独地虚空, 无期地等待
你离开的那个位置, 无秋春夏
我如碧波荡漾的心

외로움에 대해
对于孤独

눈빛 반짝
이제는 다가설 때
혼자는 언제나 외로운 혼자이니
한땀 한땀 채워가는
삶의 지혜여

目光一闪一闪
现在到了靠近的时候
独自一人总是孤独的独自一人
一针一线填满
活動的智慧啊

인연 1
缘分 1

낙엽이 지는 것도
내 가슴이 시린 것도

길이 길을 찾아 먼 길을 가는 것도

落叶凋零
就连我内心如此冰冷

即使路途遥远寻找路途

인연 2

缘分 2

어디서 왔니?

어떻게 사니?

어디서는 지옥의 인因이고, 어떻게는 생명의 연緣
이다

从哪里来的?

怎么生活?

哪里是地狱之因, 哪里是生命的缘

찻잔의 꿈
茶杯之梦

가만히 눈 감고 다포 속을 들여다보면 잎새에 일렁이는 노란 햇볕

햇볕 일렁이는 차밭 이랑을 거닐어보면 코끝에 스치는 연둣빛 바람

가만히 눈 감고 바람 부는 곳으로 멀리 가서 언덕 위 외딴집 창문을 열면

어느 새벽 가난한 시인의 외로움을 다독이고 목마름을 적시는 그윽한 향기

静静地闭上眼睛往茶包里看树叶上晃动的黄色阳光

漫步在阳光普照的茶园地垄上掠过鼻尖的淡绿色微风

静静地闭上眼睛去远方吹着风的地方打开山坡上孤零零的房子窗户

某个清晨抚慰诗人地孤独滋润诗人地口渴地幽香

태초의 샘

源头之泉

소리는 적막의 새끼이고 빛은 어둠의 자식이니

태초의 샘은 적막처럼 어둡고 샘의 태초는 자궁처럼

신비롭다

声音是寂静之子光明是黑暗之子

万物之源如寂静之泉泉水之源如神秘子宫

테두리
框

저 하늘 뜬구름 반듯하게 가두고

부처님 서역만리 꼿꼿하게 가두고

가둔 것을 다시 가둔 내 한 생각 테두리를 뜯고보니

뜬구름 서역만리 본래무일물 없는 것을 어찌 가두겠는가

那边的天空浮云端正地锁住

将佛祖西域万里地关得笔直

我那困住的东西又困住地想法拆开边框一看

浮云西域万里本来无一物岂能囚禁?

그대 생각

你的思念

동행
同行

이끼 낀 산길을 함께 걸었어

초록 산길 초록초록 말없이 걸었어

조금만 더 가면

흰 구름 빵집이 기다리고 있을 거야

단발머리 너와 내가 수다 떨고 있을 거야

一起走上了长满苔藓的山路

绿色山路绿色绿色默默地走着

再往前走一点

白云面包店会等着你

短发你和我正在聊天

가랑잎처럼

像干叶子一样

바람 속을 떠돌던 그대 생각이
바위틈에 끼어 딱딱하다

딱딱한 그대 생각 속으로 팔 뻗는
애타는 마음의 소나무 가지들

우리는 왜 말 한마디 못하고
늦가을 가랑잎처럼 흩날렸던가

脑海中浮现的你
夹在岩缝里发硬

在你生硬的思念中伸出手
焦急的松树树枝

我们为什么一句话都不说
像晚秋地干树叶一样飘散

가을 노래

秋天的歌

나와 별거중인 내가 철새가 된 꿈을 꾸었습니다
나를 찾아 헤매는 내가 얼마나 사무치게 그리웠던지!
나와 별거중인 내가 길 잃지 않고 내게 올 수 있도록
먼 하늘까지 환하게 감나무 등불 밝혀두었습니다

梦见和我分居的我变成了候鸟
无论多么想念到处寻找我的我!
为了和我分居的我不迷路来到我身边
柿子树照亮了远方的天空

너 떠나던 날

你离开的日子

너를 보내고 홀로

너의 뒷모습을 바라보는 저녁답

구름은 번져 얼룩이 되고 노을은 번져 그리움이 되네

送走你后独自一人

望着你背影的傍晚

云彩蔓延成为污点彩霞蔓延成为思念

너 없는 하루
没有你的一天

기다리는 내 마음 파도처럼 철썩이고
오지 않는 그대 마음 벤치 가득 궁금하다

等待的我的心像波涛一样彻底腐烂
不来你地心长椅满满地好奇

임 마중
迎接心上人

진종일 그대 기다리고 있는데
진종일 그대 소식조차 없는데

"험한 바다 무사하도록 등불 밝혀주어 고마웠소!"

나즉한 소리 있어 되돌아보니
소나무 그림자 외로운 내 마음 다독이고 있었네

一整天都在等你
一整天连你的消息都没有

"谢谢你把灯照亮, 让险恶的大海平安无事!"

有轻声细语 回头看
松树地影子抚慰着我孤独地心

망망대해
茫茫大海

지는 해는 파도를 기웃거리고
파도는 흰 구름 발길을 막네

문 없는 문 열고 떠난 사람은
어디로 떠났는지 소식이 없네

落日探望波涛
海浪挡住了白云的脚步

打开没有门的门离开的人
去向何方杳无音信

밤
晚上

홀로 캄캄한 밤

캄캄한 제 마음 홀로 밝히는 밤

두고 온 도시의 불빛이 창문을 열면

등 굽은 고독이 벌컥, 환하게 그리움을 토해내는 밤

独自一人的漆黑的夜晚

漆黑地我独自照亮心灵地夜晚

放下城市的灯光打开窗户

驼背的孤独一激灵一激灵地吐露思念地夜晚

보물찾기

寻宝游戏

우리 손잡고 뛰어가보자 바다가 잔잔해서 무사할거야

우리 손잡고 찾아가보자 저 섬엔 그리움이 숨겨져 있
을거야

소풍날 뛰어놀던 어린 날의 너와 내가 노랗고 빨갛게
꽃피어 있을거야

我们手拉手奔跑吧 大海平静无事

我们手拉手去找吧 那岛上应该隐藏着思念

郊游那天玩耍地年幼地你和我将绽放出黄红澄澄地花朵

붉은 꽃길
红花路

피눈물 흘리며 내 사랑이 떠나간 길
곧은 길 가는 마음 잡을 수 없어
먼 산만 바라보며 되돌아서던 길
오월이 오면, 오월의 그날이 오면
오지 않는 내 사랑을 기다리는 길

流着血泪 我的爱情走过的路
无法抓住笔直地心
只望着远山回头路
到了五月, 到了五月地那一天
等待我那未曾到来的爱情的路

붉은 약속

红约

엽서 한 장 두고 갑니다

소낙비 쏟아져도 젖지 않는

그대 향한 내 마음 적어두고 갑니다

我落了一张明信片

骤雨倾盆而下也不会淋湿的

向着你的心意记着走

샌프란시스코의 밤

圣弗兰西斯科之夜

그날, 바람이 불었던가?

떠난 사람이 다시 떠나 깜깜한 쓸쓸함이

그날, 텅 빈 마음 환하게 불 밝혔던가?

那天，刮风了吗？

离开地人再次离开漆黑地寂寞

那天，空荡荡的心灵是否变得明亮？

애마愛馬 생각
爱马之心

기다림은 멀고 그리움은 둥글다

오늘은 어디서
갈기 휘날리며 말 달리고 있는지
네가 있던 그 자리, 네가 떠난 그 자리
해질 무렵이면 지평선 아득한 풀밭 냄새가 난다

思念是远相思圆

今天在哪里
鬃毛在飘扬, 马在奔跑
你曾坐过的那个位置 你离开的那个位置
黄昏时分地平线上飘散着渺茫的草地气息

와이너리

葡萄酒厂

함께 걷던 오솔길에 술 취한 내 마음 세워두고
있는 것은

함께 걷던 그대 생각 온몸이 붉도록 사무치기 때
문이다

봄 여름 가을 없이 저 언덕 깊은 곳에 익어가는
와인처럼

曾一同走过的小径上我醉酒的心就此停放着

因为想起一起走过的你全身都红透透彻

没有春夏秋意地山丘深处如同红酒熟透一般

이별, 그 후
离别, 之后

구름 너머 거기 너무 멀어서
밤 새워 뒤척여도 손닿지 않아서
가고 없는 그날들 짙푸르게 사무치네

因为云那边太远了
彻夜辗转反侧也无法触及
逝去地那些日子青涩地铭刻在心

작별 인사
告別

눈 감는 게 좋겠지 돌아서는 뒷모습 차마 볼 수
없으니까

뜨거운 게 좋겠지 혼자 가는 먼 길 찬 바람 불 테
니까

그런데 어떻게 하지? 뜨겁게 달라붙어 말문이
막혔으니!

最好闭上眼睛吧 因为无法看到转身的背影

炽热更好吧独自前往远方吹来寒风

但是怎么办呢? 粘得人发烫, 说不出话来

정원 속에 갇힌

困在庭園里的

너와 함께 멀리 아주 멀리
초원을 달리고 싶은 붉은 내 마음

与你一起 远远地 远远地 远远地
在草原上奔跑的红色我的心

친구 생각
想念朋友

엊그제 죽었다는 소식을 들었다
보리고개 함께 넘던 반백년 전 초동 친구

푸른 하늘 뜬구름

까까머리 추억이 풀피리 불며
박제된 소를 타고 달려들었다

前几天听说他死了
半百年前地初期朋友越过麦口

蓝天浮云

光头回忆吹着草笛
骑着造作的牛扑了过来

풍차
风车

유채꽃 피면 온다던 그 사람 소식 없네
바람 부는 쪽으로 출렁이는 내 마음
초록이 지치도록 홀로 서 있네

说油菜花开地话就会来地那个人没有消息
向着风儿方向荡漾的我的心
绿色疲惫地独自一人站着啊

허무한 이별
虚无的离别

초인종 눌러놓고

내 마음 소용돌이 붉은 꽃 피워놓고

흔적도 없이 어디로 떠났을까

바람 부는 언덕에서 해종일 기다려도

다시 오마 소식 없어 저 하늘 캄캄하네

按门铃

我的心漩涡 盛开着红花

不留痕迹地去哪里了呢

就算在刮风的山坡上等待一整天

再次来吧 没有消息 那边的天空漆黑一片

—
3부
—

바위가족
岩石家族

노란 리본
黄丝带

가부좌 한 채로 물고기 밥이 되랴
이빨이 성성한들 삼킬 수 있으랴
울돌목 속 시끄러운 팽목항아 말하거라

盘腿打坐能喂鱼吗
牙齿再好还能咽下去吗
鸣梁小巷中嘈杂地惨木港啊请讲

가을은
秋天是

내 첫사랑은 아직도 오지 않는 오늘이다
쓸쓸함이 아린 추억의 붉은 등 밝히는
가을은 아직도 가지 않는 내 첫사랑이다

我的初恋还未到来地今天
凄凉点亮着刺痛回忆的红灯
秋天还没过去是我地初恋

구경거리
观光景点

외롭게 서 있다가 구경거리가 되었어!
깡마른 몸매와 묶은 머리 내 모습
낄낄낄 수많은 사람들이 카메라에 담아가지

심심한 내게도 구경거리가 생겼어
망향에 젖은 애달픈 내 눈빛 눈치채지 못하는
낄낄낄 바보 같은 저 까막눈들 좀 봐!

孤零零地站着, 成了看点!
瘦削的身材和扎起来的头发 我的样子
咯咯笑的无数人用相机记录下来

无聊的我也有看头了
我那沉浸在忘乡悲伤地眼神无法察觉
瞧那些傻呵呵的傻眼睛!

귀하신 몸

尊貴之身

3천 년 묵은 보이차 나무
보초병이 지키는 귀하신 몸
얼마나 힘들까, 제 몸 우려내어
운남성을 지키는 향기로운 분

三千年的普洱茶树
哨兵贵体
该有多累呢 泡着我的身体
守护云南的芬芳

꽃바람
花风

닿지 않아 묶이지 않았다
에헤라! 노 저어라
심심한 내 마음 풀릴 것이다

够不着, 拴不上
唉嘿! 划船吧
我无聊的心会散开的

꽃잔치
鮮花盛宴

청사초롱 두근두근 신랑 신부 두근두근
연지곤지 불 밝혔네 벌 나비도 두근두근

青纱灯笼扑通扑通 新郎新娘扑通扑通
胭脂红点亮蜜蜂蝴蝶扑通扑通跳

꿈속의 꿈
梦中的梦

발밑은 천길 낭떠러지
밧줄을 버리고 날고 싶었어

식은 땀 흐르는
아찔아찔 꿈속의 꿈이었지

독수리가 하늘 날개로 품어주었어
꿈 깬 지금도 가슴이 두근거려

脚下是万丈悬崖
想扔掉绳子飞翔

流着冷汗的
眩晕梦中的梦

老鹰用翅膀拥抱了天空
梦醒地现在心里还是扑通扑通跳

나폴리항

那不勒斯港

골목이 화가들을 데리고
화가들이 전시관을 데리고
전시관이 층층 동네를 데리고
구름이 바다를 데리고 나폴나폴 출렁이는

胡同里带着画家们
画家们带着展览馆
展馆带着层层小区
云彩带着大海翩翩起舞

개선문
凱旋门

지나가도 좋습니다!
마음속에 푸른 등 켜진 사람이면 누구라도
자유로운 세상이 기다리고 있습니다

可以过去!
只要是心中点着绿灯地人无论是谁
自由的世界在等着你

뒷골목
背街小巷

젖은 속옷을 허공에 걸었다
허공이 말린 욕망은 가볍다

손수레도 낮잠을 즐기는 상하이 뒷골목

湿漉漉的内衣挂在空中
虚空晒干的欲望很轻

连手推车也享受午觉的上海小巷

바위 가족
岩石家族

어깨 기대고 가슴 맞대면
북풍한설도 꽃으로 피어나지

靠着肩膀胸贴着胸
北风寒雪花开

별빛
星光

별이 빛나는 밤이었지
별 따러 가고 싶은 밤이었지
가슴 쿵쿵 눈부신 밤이었지

장대 들고 밤하늘로 뛰어가던 내 마음
들꽃에 홀려 펑! 하고 흩어졌지, 쌀박산처럼

是星星闪耀的夜晚
是想去摘星星的夜晚吧
内心扑通扑通 是个耀眼的夜晚吧

拿着杆子奔向夜空的我的心
被野花迷住 砰的一声散开 像米渣一样

봄맞이
迎春

2월 강물이 부르르 떨고 있다
봄이 오나보다 실오라기 맨몸으로

二月江水哗啦哗啦地抖动着
春天来了 赤身一丝不挂

사랑을 위하여

为了爱情

우윳빛 그리움이 어느 날 핑크 입술로 마음을 바꾸자
벌들이 날아와 뜨겁게 키스했다 뜨거움은 죄가 되지
않는다며
푸른 잎이 발끝까지 그늘 가림막을 쳐주는 것이었다

让乳白色的渴望有一天用粉红的嘴唇改变我的想法
蜜蜂飞来 热情地吻我 说炎热不是罪

绿叶一直遮荫到脚部

새들
鸟雀

날자, 사막을 박차고
날자 더 높이 더 멀리 날아보자!
발끝이 저 하늘 구름에 닿을 때까지

보이는 만큼이 내 세상이니

飞吧, 冲破沙漠
飞翔吧 飞得更高 更远吧!
直到脚尖触碰那天空的云彩

看见多少就是我的世界吗

숲 속의 토끼
林中兔子

푸른 하늘 은하수 하얀 쪽배에

계수나무 한 나무 토끼 한 마리

돛대도 아니 달고 삿대도 없이

가기도 잘도 간다 서쪽 나라로

—윤극영「반달」

정든 숲 여기 두고 이제 나는 서쪽 나라로 갈 수가 없네

蓝天银河系白船

一棵桂树 一只兔子

没有桅杆也没有篙头

走也走也在西边的国家

—尹克荣「半月」

留下心爱的森林 我无法再去西边的国家了

여정의 끝
旅程的尽头

봄 길을 걷는다
누워있던 생각들이 발을 뻗는다
함께 가고 싶은 마음 끝이 없지만
모든 길은 무덤에서 끝난다

踏上春天的征途
躺着的思绪伸出脚来
虽然想要一起走下去的心是无止境的
条条路尽自坟墓

잘못된 나들이

错误的遊

빨간 선글라스 호피무늬 드레스
멋쟁이 아가씨 가을 여행 오셨나요?
여기는 낱알들이 배고픈 사람들을 걱정하는 곳
관계자 외 출입금지 구역입니다

红色墨镜豹纹连衣裙
时尚小姐姐你的秋季旅行来了吗?
这里是一粒一粒的担饥饿的人间的地方
这是非官员的禁区

침묵
沉默

강물은 도시의 서사로 뒤척이고
도시는 뒤척이는 강물의 서사로 수런거려도
얼마나 기막힌 사연 있길래 말문 막힌 시간이여
천년만년 굳어버린 입 벌린 침묵이여

江水翻覆于都市的叙事,
城市纵然是翻来覆去地江水地叙事
到底有多么令人窒息的故事啊 真是令人无语的时间啊
千年万年僵硬的张着嘴的沉默啊

희망가

希望之歌

두 팔 벌리고 더 높이 뛰어올라봐!
푸른 마음 하늘에 닿을 때까지
타는 가슴 열고 더 크게 소리 질러봐!
울긋불긋 근심걱정 불태워질 때까지

张开双臂跳得再高一点!
直到蓝色地心到达天空为止
敞开心扉, 大声喊叫吧!
花花绿绿的忧虑 直到燃烧殆尽为止

—
4부
—

동대구역
东大邱站

동대구역
东大邱站

추풍령 저 너머로 시집 간 딸이
딸의 딸 손잡고 기차 타고 오나봐

기차보다 더 빨리 철길을 달리는 내 마음 보니

女儿嫁到秋风嶺那边
拉着女儿的女儿的手坐火车过来

看到我在铁路上比火车上跑得更快地心

간택

拣择

맛대로 있으니 멋대로 고르세요

기분대로 취해야 가성비 좋은 술이니까요

随你便你随便挑吧

因为要随心所欲地喝醉才能是性价比高的酒

눈물 그렁그렁

眼泪汪汪

혹한의 세월이었지 입술 오므리고
눈물 그렁그렁 서러움 하얗게 움켜쥔 앙가슴
더디게 오는 봄이 야속한 날이었지

那是严寒的岁月吧 抿着嘴唇
眼泪汪汪地悲伤雪白紧握地仰胸
终于到来的春天曾是无情的日子

도시의 시간들
城市时间

흐르는 강물도 곧추선 욕망도

시간의 노예이다

마침내 탈출을 꿈꾸었던 우리 사랑도

流淌的江水笔直的欲望

是时间的奴隶

最后梦想着逃脱的我们的爱情

마늘밭에서
在蒜田里

오뉴월 뙤약볕과 긴긴 해도 모자라는 부족한 일
손과 울긋불긋 누워 있는 배부른 희망이 버무린 양
념 맛 얼얼한 들녘 식탁

五六月的烈日下和漫长但不够用的人手和五颜六色
的饱腹希望混合在一起的调料味麻辣的田野餐桌

모내기
插秧

허리 굽은 엄마 대신 등 굽은 아빠 대신

저 넓은 무논 가득 새참도 필요 없이 모내기할 태세이니

위풍당당 갓길을 막아선들 누가 너를 향해 저리 비켜! 소리칠 수 있겠는가

代替弯腰的妈妈代替弯腰的爸爸

大片稻田满地是水田连加餐都不需要准备插秧

威风凛凛挡住路边谁让你走开! 能喊得出来吗

목화꽃차
棉花花茶

옥양목 치마폭이 봄바람에 일렁이는 소리가 들린다
콧물감기 쿨럭일 때 어머니가 끓여주시던 목화꽃차
내 놀던 뒷동산 햇살이 우려낸 흰 구름 냄새가 난다

听见白布裙摆被春风吹拂的声音
流鼻涕时妈妈给我煮的棉花花茶
我游玩的后山阳光散发出白云的气味

呆

份额

등짐은 무거워 그림자 짙다
정오를 벌써 지나 서쪽으로 휘어진 먼 길을
가늠 없이 달리는 삶의 바퀴여

背负很重阴影浓重
中午已经过去向西弯曲的远道
无法估量地奔跑地人生地车轮啊

버거운 생각
艰难的念头

강물이 바다로 흘러가지 못하도록
숨가쁜 오늘이 도망치지 못하도록
변두리가 가로막은 버거운 내일 생각

为了不让江水流向大海
喘不过气来地今天为了不让逃跑
只想着被边缘挡住的艰难的明天

스톤헨지
巨石阵

세월 속에 가라앉은 무거운 침묵

오늘은 서풍이 불고 구름문이 열려서
어머니 기도소리 잘 들린다

다시 만날 때까지 아프지 말고 잘 살아라!

沉寂在岁月中地沉寂

今天刮了西风 云门开了
能听清母亲祈祷的声音

在再次见面之前不要生病 要好好生活!

아빠와 함께
和爸爸一起

수평선 저 너머 섬마을에 고기 잡는 아빠와 어린 딸이 살았단다
이 살았단다
　　아빠를 기다리던 어린 딸은 인어공주 도움으로 예쁜 처녀 되었단다

　　철석이는 푸른 파도 가만히 바라보렴
　　어린 딸이 보고싶어 달려오는 아빠의 숨가쁜 발걸음
보이지 않니

　　听说水平线那边的小岛村子里住着捕鱼的爸爸和女儿
　　等待爸爸地年幼女儿在人鱼公主地帮助下变成漂亮地姑娘

　　静静地看着波涛汹涌
　　因为想念年幼地女儿爸爸地喘不过气来地脚步没有看见吗

어느 날 문득
某日忽然

어느 날 문득
내 마음 활짝 열고 되돌아보니
종종종 꽃 피고, 아뿔사!
종종종 꽃 지는 외길이었네

그때는 왜 세월의 뒷모습이 보이지 않았을까

某日忽然
我敞开心扉 回头看
时不时地开花, 糟糕!
常常是花儿凋谢地一条路

那时为什么看不到岁月的背影

염원
心願

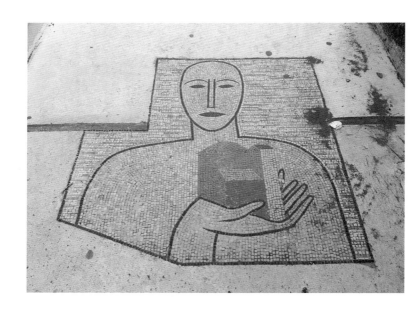

베개 두 개와 두 켤레 신발의 주인으로 사는 것
그 소원 얼마나 사무쳤으면 지워도 지워도 지울 수 없네
가슴에 붉게 멍든 간절함이여

买两双枕头和两双鞋的主人
那心愿究竟有多深抹去再怎么抹去也无法抹去
心中泛红地恳切之情

운명
命運

후회는 늦어 목 메이고

등짐은 무거워 발이 아프다

后悔为时已晚哽咽着

背负沉重脚痛

웨스트민스터 사원
威斯敏斯特清真寺

기도 소리 얼마나 간절했으면
주님 은총 얼마나 사무쳤으면
켜켜이 골진 시름 햇살처럼 포근하고 부드러울까
포근하고 부드러운 그 언약 천년을 굳건할까

祈祷声是多么恳切啊
主究竟是多么地铭刻在心
层层忧伤如阳光般温暖柔和吗
那温暖柔和的约定千年不变吗

질투

嫉妒

긴긴 밤을 태우고 태운 밤을 다시 태우고
굶주린 짐승처럼 으르렁거리는 무시무시한 저 불길

燃烧着漫漫长夜 再次燃烧着夜晚
那像饥饿的野兽般咆哮的可怕火焰

찬비에 젖는 너의 어깨

被冷雨淋湿的你的肩膀

숱한 기억들이 돌 틈에 끼어

울긋불긋 가렵고 저물도록 아프다

길 없는 길을 서성이는 너를 왜 못 본 척 했을까

찬비에 젖는 너의 어깨에 왜 나는 우산을 받쳐주지

못했을까

无数的记忆夹在石头缝里

花花绿绿地发痒, 疼到天黑

徘徊在无路上的你为何装作没看见

被冷雨淋湿的你的肩膀 我为什么撑不住雨伞

학춤
鶴舞

밥 잘 먹고 잘 지내는지? 아픈 데는 없는지?
지난 밤 달빛에 네 얼굴 어른거려 오래 울었어
그리움 찢어 만든 날개옷 입고 달빛 따라 훨훨
천만리 먼 길 날아 사랑하는 내 아들 보고 싶었어

好好吃饭 过得怎么样？ 有没有不舒服的地方？
昨晚月光下你的脸庞在晃动哭了好久
穿上撕碎思念做成的翅膀衣服随着月光翩翩飞舞
千万里远道而来 想念我亲爱的儿子

한가위
中秋节

노부부의 한가위는 병풍 아래 적적하고
젊은 자녀 한가위는 공항에서 북적댄다

밤하늘 보름달이 한숨짓는 이유이다

老两口地中秋佳节在屏风下寂寞
年轻子女的中秋节在机场熙熙攘攘

这就是夜空满月叹气的原因

햇살

阳光

세월 버스 타고 떠난 우리네 청춘 보이지 않네
장갑 끼고도 손 시려운 쓸쓸한 황혼녘 오손도손

이야기 해보게
임자가 주워 온 청춘의 한때 얼마나 따뜻한지

岁月不饶恕坐公交车离开地我们地青春
戴着手套也冻手的孤独黄昏和和睦睦

说说看
主人捡来的青春曾是多么温暖